TRAVERSIN

ET

COUVERTURE

PARODIE

DE

TOUSSAINT LOUVERTURE,

EN QUATRE ACTES

MÊLÉS DE PEU DE VERS ET DE BEAUCOUP DE PROSE

Par MM. VARIN ET LABICHE,

Représentée pour la première fois, à Paris, sur le théâtre de la Montansier,
le 26 avril 1850.

950

DISTRIBUTION DE LA PIÈCE.

TRAVERSIN, chef des noirs	MM. Ravel.
SALVADOR, précepteur français.	Grassot.
ISAAC, fils blanc de Traversin.	Mme Dupuis.
ALBERT, fils noir du même	MM. Amant.
LE PÈRE ANTOINE, capucin blanc.	Leménil.
LECLERC, général français.	Kalekaire.
LE GÉNÉRAL MACHIN.	A. Touzez.
LE GÉNÉRAL CHOSE.	Masson.
MOISE, général noir	Lacourière.
MOUSSELINE, id.	Michon.
UN MATELOT noir.	Augustin.
VERMICELLI, frère de Salvador, personnage muet.	Le Meunier.
COUVERTURE, nièce de Traversin..	Mlles Aline Duval.
LUCIE, mulâtresse.	Chéri.

La scène est à Haïti, chez Traversin.

ACTE PREMIER.

Un intérieur très-mal meublé. — Au fond, à gauche, une porte vitrée, faisant transparent et derrière laquelle on aperçoit une chandelle allumée. — Portes latérales. — Porte au fond.

SCÈNE PREMIÈRE.

Au lever du rideau, les nègres et les négresses sont groupés au fond du théâtre et travaillent à écosser des pois. COUVERTURE, assise sur le devant de la scène, épluche des oignons. LUCIE, debout derrière elle, chasse les mouches et l'évente ; puis MOISE, MOUSSELINE.

CHOEUR.

AIR *du Cheval de Bronze.* (Clochette de la pagode).

> Pour les noirs plus d'esclavage !
> Nous travaillons en chantant ;
> Quand il n'a guère d'ouvrage
> Le noir est toujours content !

LUCIE, *à Couverture.* *

Bonne maîtresse est rêveuse !... Pourquoi ?... J'ai souvent surpris dans son œil une larme furtive... pourquoi ?

COUVERTURE.

Dame !... quand on épluche de l'oignon.

LUCIE.

De l'oignon !... ma chère Couverture... Quand une jeune fille soupire... il y a autre chose que de l'oignon !

COUVERTURE, *se levant.*

Silence !... c'est un secret que je ne puis confier à personne !... je vais te le dire !...

LUCIE.

Très-bien ! (*Aux nègres et négresses.*) Avancez, vous autres... vous n'êtes pas de trop... Ce sont nos frères ! (*Les nègres s'avancent et se groupent pour écouter.*)

COUVERTURE.

Personne ne peut nous entendre ?... Je vais vous raconter les mystères de ma naissance !...

LUCIE.

Je les connais !

COUVERTURE.

C'est égal !... La sœur de Traversin me donna le jour !... Je

* Lucie, Couverture.

suis la nièce du grand Traversin... ce qui me fait présumer qu'il
est mon oncle! Vous savez tous ce que c'est que le grand Traversin?... Les noirs de Saint-Domingue, éprouvant le besoin de
tâter un peu de république, l'ont choisi pour roi, les Français
ayant évacué... l'île! Traversin s'est constitué un petit gouver-
nement, sans autre chambre... que celle qu'il habite. Il a son
armée, son petit budget, ses généraux... Tiens! en voilà deux.
(*Moïse et Mousseline entrent. Ils sont en costume de généraux
noirs.*)

MOÏSE.*

M. Traversin, s'il vous plaît?

COUVERTURE.

Il ne reçoit pas... il s'occupe de l'affranchissement des noirs!

MOUSSELINE.

Très-bien!... Veuillez lui remettre nos deux cartes.

MOÏSE.

Cornées!...

COUVERTURE.

Vous voyez bien cette chandelle?... (*Elle indique la chandelle
derrière la porte vitrée.*)

MOÏSE.

Je la vois.

COUVERTURE.

C'est lui! (*Un bras paraît et mouche la chandelle.*)

MOÏSE.

Tiens! il se mouche!

MOUSSELINE.

Nous reviendrons!

MOÏSE.

Nous avons notre plan! (*Ils sortent.*)

COUVERTURE.

Bonjour! (*Ici, un nègre apporte une époussette, dite tête-de-
loup, et garnie de rubans qui pendent depuis le haut. Il se met au
milieu du théâtre; les nègres dansent et chantent autour, sauf
Lucie et Couverture.*)

CHOEUR.

Air américain:

Il fait bon se trémousser,
Quand on a l'indépendance,
Et nous aimons à danser
D'puis qu' nous ne r'cevons plus de danse.

COUVERTURE, *aux autres.*

Je continue l'histoire de ma naissance!..** Mon père est un Français... l'Auvergne l'a vu naître!... J'ai pour lui le plus profond

---

* Lucie, Mousseline, Moïse, Couverture.
** Lucie, Couverture.

respect... mais c'est un savoyard!... Il épousa ma mère au clair de la lune... un champ de cannes à sucre reçut leurs serments!... Mesdemoiselles, je vous préviens d'une chose, c'est qu'en fait de mariage, la canne à sucre ne remplace qu'incomplétement le maire et son gros livre!

LUCIE.

Je le savais!

COUVERTURE.

Maman l'apprit trop tard... et, un beau jour, mon charabias de père, après les procédés les plus plats, disparut comme une ombre... sans nous dire : Je reviendrai!

MOÏSE, *rentrant avec Mousseline.* *

M. Traversin, s'il vous plaît?

COUVERTURE.

Il s'occupe de l'affranchissement des noirs!

MOUSSELINE.

Veuillez lui remettre nos deux cartes!

MOÏSE.

Cornées!... Nous reviendrons... nous avons notre plan!... (*Ils sortent.*)

COUVERTURE.

Bonjour!...

CHOEUR, DANSE ET REPRISE.

Il fait bon se trémousser,

COUVERTURE.

Je reprends l'histoire de ma naissance...

LUCIE, *bâillant.*

Ah! c'est un peu long!

COUVERTURE.

Je devins orpheline... et je recueillis l'héritage de ma mère... Le voilà! (*Elle tire un portrait.*)

LUCIE, *le regardant.*

Un portrait!... Il n'est pas beau!

COUVERTURE.

C'est papa!... il y a des singes plus laids que ça!... Je le porte toujours là... sur mon cœur!

LUCIE.

Pour vous tenir chaud?

COUVERTURE.

Non; mais on m'a dit que ça me servirait!... C'est bien usé, les miniatures, mais c'est toujours dramatique!... N'ayant plus ma mère, je tâchai de faire ma cuisine moi-même... c'était difficile!... je n'étais pas sevrée!... C'est alors que le grand Traversin, qui avait déjà deux enfants à la mamelle, me remit à sa

* Lucie, Mousseline, Moïse, Couverture.

femme, en lui disant : Et de trois !... Si tu n'as pas assez de lait, mets-y de l'eau !

LUCIE.

Homme étonnant! (*Les nègres font des signes d'admiration.*)

COUVERTURE.

Il s'appelait Traversin... il m'entortilla du nom de Couverture!... je grandis avec mes deux cousins, Isaac et Albert!... Nous grignottions tous les trois dans la même pomme, et... à l'âge de treize ans...

LUCIE.

Eh bien ?

COUVERTURE.

Mon cœur parla...

LUCIE.

Pour qui ?

COUVERTURE.

Je ne sais pas trop, car il est si bavard!... Isaac me plaît assez, parce qu'il est blanc... mais Albert est d'un si beau noir!... Quand je suis avec Isaac, je brûle pour Albert... quand je suis avec Albert, je flambe pour Isaac!... Je suis fâchée qu'il n'y en ait pas un troisième!...

LUCIE.

Je connais ça... c'est une passion à deux têtes !

COUVERTURE.

Hélas! ces deux têtes sont en France!... Pour mieux endormir les blancs, Traversin leur a livré ses fils !

LUCIE.

Le vieux roué!... Expliquez-moi donc pourquoi il n'est pas noir... lui, le premier des noirs ?

COUVERTURE.

Ça se comprend!... La politique lui cause une foule de soucis!... et vous connaissez la couleur des soucis!... Il en a attrapé la jaunisse!...

LUCIE ET LES NÈGRES.

Quel malheur !

COUVERTURE.

Il n'a pas cessé d'être noir... mais c'est un noir... citron...

COUVERTURE.

Maintenant, mes amis, mettez tout en ordre... Votre libérateur va paraître... et vous savez que Traversin n'est pas tendre !..

LUCIE.

Ah ! c'est ennuyeux !.. puisque nous ne sommmes plus esclaves !

COUVERTURE.

Vous êtes libres... de balayer la chambre... pour votre plaisir... et de frotter les escaliers... pour votre satisfaction particulière... marchez !...

Vive le grand Traversin !

REPRISE DU CHŒUR.

Pour les noirs, etc.

SCÈNE II.

LES MÊMES, TRAVERSIN.*

TRAVERSIN, *paraissant à la porte.*

Est-ce qu'on ne va pas se taire un peu, par ici? (*Le chœur s'arrête court.*) Sortez !.. J'ai le plus grand besoin de faire un monologue!.. (*Les nègres ne bougent pas.*) Ah ça ! êtes-vous sourds?.. attendez un moment!.. (*Il décroche un fouet et se dispose à taper.*)

LES NÈGRES, *se sauvant.*

Vive le grand Traversin !

TRAVERSIN, *donnant un coup de pied à un nègre*
en retard.

Tiens !... voilà comme je les émancipe !..

SCÈNE III.

TRAVERSIN, *seul.*

Maintenant... débitons mon premier monologue! mais avant tout... (*Il ôte son habit et retrousse ses manches.*) Comme ça, je suis plus à mon aise... (*Il prend une pose tragique.*)

« O heure du destin ! te voilà donc venue !...
» Longtemps j'ai lanterné... et je t'ai suspendue !
» Mais cette heure a sonné sur la cloche d'airain !..
» O liberté des noirs... je serai ton parrain !
» O terre! ô mer! ô ciel! ô nature! ô verdure !
» O carnage! ô rage! ô ... »

Mille pardons si je parle en vers !.. c'est un tic que j'ai contracté dans ma jeunesse!... ça m'a fait bien du tort dans la société! Voici ma petite affaire en prose !... Je suis un ancien cocher de fiacre!... un vieux marron! A force de conduire les chevaux, j'ai pensé que je pouvais conduire des nègres!... J'ai promis de les affranchir, ce qui est moins facile... qu'une lettre à la poste!... Il s'agit de tenir ma promesse... Mais je flotte... j'hésite... je ne suis pas en train... Il y a d'abord les Français, dont je n'ai pas peur!... oh Dieu!... Mais je les crains beaucoup... d'autant plus qu'ils ont à leur tête le petit Buonaparte... qui est un lapin... blanc!... Après ça, je suis bien bon de me donner tant de tintoin... J'ai fait une révolution... j'ai pris la

* Lucie, Traversin, Couverture.

première place !.. donc ! la révolution est finie... et je vous
prie de me laisser tranquille !... Pour le quart d'heure, les nègres m'idolent... je leur chante des romances sur la liberté...
je leur plante des cocotiers au milieu des rues !.,. Ils font ma
cuisine... ils cirent mes bottes !... Ce peuple a beaucoup d'a-
venir !... Aussi, toute réflexion faite, je me décide.. à remettre
mon habit !... (*Remettant son habit.*) Cette résolution est digne
de mon grand caractère !...

SCÈNE IV.

TRAVERSIN, MOÏSE, MOUSSELINE.*

MOÏSE, *passant sa tête.*

M. Traversin, s'il vous plaît?

TRAVERSIN, *se rhabillant.*

On n'entre pas !

MOÏSE, *entrant.*

Merci !

TRAVERSIN.

Tiens! c'est le général Moïse, avec le général Mousseline...
Je n'aime pas qu'on vienne en général me parler en particu-
lier... Qui vous amène?

MOÏSE.

Un doute.

TRAVERSIN.

Un doute !... (*Prenant son fouet.*)Nom d'un petit bonhomme!..
(*Avec douceur.*) Continuez, je vous prie !

MOÏSE, *à Mousseline.*

Continue, toi ! j'ai attaché le grelot !

MOUSSELINE.

Il ne fallait pas l'attacher !

MOÏSE.

Si nous nous en allions ?... (*Ils remontent.*)

TRAVERSIN.

Voilà tout ce que vous aviez à me dire?

MOÏSE, *revenant.*

Voici la chose !... nous désirons connaître tes projets.

TRAVERSIN.

Vous êtes curieux !

MOUSSELINE.

Ta politique?

TRAVERSIN.

Cherchez-la !

MOÏSE.

Alors, tu ne ferais pas mal de convoquer le peuple... il pourrait t'éclairer par son vote !

* Mousseline, Moïse, Traversin.

MOUSSELINE.

Par son vote...

TRAVERSIN.

Je le connais, son vote!... les Nègres n'ont que des boules noires!

MOUSSELINE, *riant.*

Ah! très-joli! très-joli!

MOÏSE, *donnant un coup de pied à Mousseline.*

Idiot!... c'est par la flatterie qu'on perd les empires!

TRAVERSIN.

Messieurs... vous le voyez... je n'ai rien de caché pour vous... je vous autorise à divulguer cet entretien!

MOÏSE.

Cachotier!

TRAVERSIN.

Je ne vous retiens pas!

ENSEMBLE.

AIR.

MOÏSE et MOUSSELINE, *à part.*	TRAVERSIN, *à part.*
Sortons, mais du silence !	En vain, dans le silence,
Trompons sa vigilance !	Malgré ma vigilance,
Il faut, pour nos projets ,	Ils cachent leurs projets,
Garder bien nos secrets !	Je saurai leurs secrets !

(*Moïse et Mousseline sortent.*)

SCÈNE V.

TRAVERSIN, *puis* COUVERTURE. *

TRAVERSIN, *seul d'abord.*

Ce sont deux grues... peut-être deux Pichegrus!... J'aurai l'œil dessus! (*On entend frapper à la porte à gauche.*) Qui donc frappe à mon issue?

COUVERTURE, *entrant.*

C'est moi m'n oncle!

TRAVERSIN.

« Ah! c'est toi!... c'est ma fleur de bénédiction!..,
» L'étoile qui blanchit mes nuits d'affliction!... »

Car tu blanchis mes nuits, toi!... tu blanchis mon linge... tu es une bonne blanchisseuse...! (*Changeant de ton.*) Voyons ! qu'est-ce que tu me veux?

COUVERTURE.

Il y a là un capucin assez gras... avec un capuchon pareil!... Il demande à colloquer avec vous!

* Traversin, Couverture.

TRAVERSIN.

Q'il entre!... (*Couverture introduit le capucin et disparaît. — Musique à l'orchestre.*)

SCÈNE VI.

TRAVERSIN, LE PÈRE ANTOINE. *

ANTOINE.

(*Sur la musique Antoine s'avance lentement vers Traversin; son visage est entièrement caché. Il relève son capuchon quand il est tout près de lui.*)
C'est moi!

TRAVERSIN.

Tiens! le père Antoine!... ça va bien?... Voulez-vous prendre quelque chose?... un verre de coco?

ANTOINE.

J'aimerais mieux une prune à l'eau-de-vie... mais je ne suis venu pour des prunes.

TRAVERSIN.

De quoi s'agit-il?... c'est donc grave?

ANTOINE.

Traversin... qu'est-ce qui t'a inventé?...

TRAVERSIN.

Ce doit être un plumassier!

ANTOINE.

Qu'est-ce qui est venu te chercher dans ton écurie, pour te dire : Mon bon, la Providence a besoin d'un cocher pour arriver à ses fins... lave-toi les pattes... tu seras l'homme de la chose?...

TRAVERSIN.

Ah! pour ça, c'est vous, père Antoine!

ANTOINE.

Dis donc, petit... tu ne m'en dois pas mal, de reconnaissance!

TRAVERSIN, *à part.*

Pristi!... quelle carotte il va me tirer!

ANTOINE.

Voici ce que j'exige de toi!

TRAVERSIN.

Je vous préviens que je n'ai dans les coffres de l'État... qu'une trentaine de roupies! (*Ils se mouchent.*)

ANTOINE.

Je ne veux pas d'argent... aujourd'hui... demain peut-être...

TRAVERSIN, *à part.*

Bon! je m'arrangerai pour sortir.

* Antoine, Traversin.

1.

ANTOINE.

Ecoute! ce matin, j'étais en observation sur une falaise...
car je tâche de me rendre utile... quand j'aperçus, au loin, un
grand nombre de vaisseaux!... Je ne crois pas me tromper en
présumant que c'est une flotte!

TRAVERSIN.

Les Français, peut-être!... ça me contrarie!

ANTOINE.

Que résous-tu?

TRAVERSIN.

Mais, dam?

ANTOINE.

Tu hésites!... tu flottes... en présence d'une flotte?...

TRAVERSIN.

Non... mais...

ANTOINE.

Tranchons dans le vif!... Tu vas ranger ton armée noire sur
les galets!... tu laisses approcher les blancs... tu les salues...
tu leur envoies des baisers... tu leur chantes : Petit blanc,
mon bon frère... et quand ils sont tout près, tout près...
Pif! paf! pan!... brûle, égorge, massacre!... ce sera très-
gentil !

TRAVERSIN.

Savez-vous que, pour un capucin, vous êtes bien car-
nassier?

ANTOINE.

Que veux-tu? Je suis un célibataire... un vieil égoïste!...
Qu'on se batte!... qu'on se déchire!... ça fait de la consommation... et allez donc!

TRAVERSIN, *gaiement.*

Et allez donc!... Il est brave homme !

ANTOINE.

Mon plan te sourit!... je vais crier aux armes'

TRAVERSIN.

Un instant!... J'ai besoin de débiter un second monologue...

SCÈNE VII.

Les mêmes, un MATELOT NOIR.

LE MATELOT NOIR, *accourant.*

M. Traversin! M. Traversin!

ANTOINE.

Quel est ce bâton de jus de réglisse?

TRAVERSIN.

C'est un morceau de ma marine royale! (*Au matelot*) Que
veux-tu, et pourquoi es-tu si pâle?

---

* Antoine, le matelot noir, Traversin.

LE MATELOT.

Ah! maître... c'est que j'ai vu la flotte française!

TRAVERSIN.

Tu l'as vue?... fais-moi ton rapport!

LE MATELOT.

Voici :

« A peine nous sortions des portes d'Haïti,
« Un vent sec et brûlant nous poussait au midi...
» Ce vent, qu'avec terreur en ce pays on nomme...
» Ce vent, qui fait trembler la femme ainsi que l'homme...
» Ce vent... »

TRAVERSIN, *impatienté.*

Assez de vent comme ça !... combien de vaisseaux ?

LE MATELOT.

Je ne les ai pas comptés.

TRAVERSIN, *comptant sur ses doigts.*

Ça doit faire 40,000 hommes !... Quel pavillon?

LE MATELOT.

Je ne l'ai pas regardé!

TRAVERSIN.

Il doit être tricolore... va !

LE MATELOT.

Ah! j'oubliais !.. une lettre... c'est quatre sous!

TRAVERSIN.

Quatre sous?.. Pendant que je suis en train d'affranchir mon pays... il ne m'en coûte pas plus d'affranchir cette lettre... Tu n'auras rien !

LE MATELOT.

Mais...

TRAVERSIN.

Disparais... ou je t'émancipe! (*Le matelot sort.*)

SCÈNE VIII.

TRAVERSIN, ANTOINE.

TRAVERSIN, *décachetant la lettre.*

Tiens! c'est du petit Buonaparte! (*Lisant.*) « Général, votre » île me convient... je vous envoie 40,000 hommes et 375 bou- » ches à feu, pour que vous me la cédiez à l'amiable... Réponse » par le prochain courrier! »

ANTOINE.

C'est tout?

TRAVERSIN.

Tout !

ANTOINE.

C'est maigre!

˒ Antoine, Traversin.

TRAVERSIN.

Ah! il y a un post-scriptum! (*Lisant*) « A propos, j'ai toujours
» vos enfants.... c'est un beurré pour la soif! Soyez fondant.»

ANTOINE.

Il veut t'effrayer!

TRAVERSIN.

Moi!... (*Changeant de ton.*) Au fait! c'est un malin!... j'aime
mes petits!...

ANTOINE.

Sans cœur! Est-ce qu'on doit s'arrêter? regarde Brutus!..
regarde Abraham!...

TRAVERSIN.

C'était la mode... de ce temps-là !

ANTOINE.

Songe que tu auras une place dans l'histoire!... un ouvrage
en plusieurs volumes sur beau papier, tu seras relié en veau !

TRAVERSIN.

Ça, par exemple! ça me ferait plaisir!... j'aime le veau.

ANTOINE.

Tu es ébranlé!... je vais donner le signal !

TRAVERSIN.

Arrêtez!... j'ai plus besoin que jamais de débiter un deuxième
monologue !

ANTOINE.

Quel être ! (*Traversin se retire dans un coin et se dispose à ôter
son habit.*)

SCÈNE IX.

LES MÊMES, COUVERTURE, GÉNÉRAUX NOIRS, LE PEUPLE, LE
MATELOT NOIR.*

CHOEUR.

AIR :

Du danger qui nous presse
Qui peut nous préserver ?
En ce jour de détresse
Qui pourra nous sauver ?

LE MATELOT.

Les blancs sont débarqués !... ils viennent de s'emparer de la
citadelle ! (*Il remonte.*) **

---

* Antoine, Mousseline, Moïse, le matelot noir, Traversin, Couverture.

** Mousseline, Moïse, Traversin, Antoine, Couverture.

TRAVERSIN, *à part.*

Nous sommes fichus! (*Riant très-haut.*) Ah! ah! ah!... Ah! le bon tour!... ah! le bon tour!

ANTOINE.

Ça vous fait rire?

TRAVERSIN.

Comme un bossu! c'est un traquenard... c'est moi qui leur ai dit : Donnez-vous la peine d'entrer... et ils sont tombés dans la souricière! oh! le bon tour! oh! le bon tour! (*A part.*) Je les fourre dedans! (*A Couverture.*) Écoute, ô ma nièce... je conçois un vaste dessein!...

COUVERTURE.

Lequel? Parlez!

TRAVERSIN.

Pas si niole! Le public le saurait et mon second acte manquerait d'imprévu. Je ne te dirai qu'une chose : Sais-tu marcher pieds nus sur des cailloux?...

COUVERTURE.

Oui, mon oncle.

TRAVERSIN.

Sais-tu marcher pieds nus sur des tessons de bouteilles?...

COUVERTURE.

Un petit peu.

TRAVERSIN.

Eh bien! mets mes bottes à l'écuyère et va me chercher ma clarinette.

COUVERTURE.

Vous voulez en pincer?...

TRAVERSIN.

Va!

COUVERTURE.

Oui, m'n oncle!... (*Elle sort.*)

TRAVERSIN, *aux noirs.*

Qu'est-ce que vous faites-là, vous autres? Pourquoi ne chanteriez-vous pas une chanson patriotique? Qu'est-ce qui en sait?... (*On fait silence.*) Personne! (*A part.*) Aimable peuple!... (*Haut.*) Eh bien! moi, je vais vous entonner la Marseillaise noire!

TOUS.

La Marseillaise!...

TRAVERSIN.

AIR *de Cadet Roussel.*

Peuple de noirs, peuple d'oisons,
Je vais vous rendre gras et ronds!

TOUS.

Peuple de noirs, peuple d'oisons,
Il va nous rendre, etc.

TRAVERSIN.

Car, enfin, parce qu'on est nègre
C' n'est pas un' raison pour êtr' maigre,
Ah ! ah ! ah ! oui, vraiment, etc.

TOUS.

Ah ! ah ! etc.

DEUXIÈME COUPLET.

TRAVERSIN.

Au lieu de coups d'fouet sur le dos,
Vous porterez d'jolis pal'tots.

TOUS.

Au lieu de coups, etc.

TRAVERSIN.

Quant aux tyrans, prenez-en notes,
Vous n'en aurez plus qu'à vos bottes !
Ah! ah! ah ! oui, vraiment, etc.

TOUS.

Ah! ah! etc.

(*Après le chant, le peuple enthousiasmé enlève Traversin et le porte en triomphe sur le refrain.*)

FIN DU PREMIER ACTE.

ACTE II.

Le théâtre représente un paysage haïtien. — A droite de l'acteur , une hutte en planches et en nattes, adossée à un pan de mur en ruine. — Au fond, la mer.

SCÈNE PREMIÈRE.

TRAVERSIN, COUVERTURE.

(*Au lever du rideau, on entend une clarinette jouer l'air : Et vogue ma nacelle, etc.*)

TRAVERSIN, *sortant de la hutte avec Couverture.**

Dis-moi, ma nièce, que font dans ce moment-ci ces gueux de Français ? (*Ici passent deux petits fifres, suivis d'un soldat l'arme au bras.*)

COUVERTURE.

Voilà les quarante mille hommes de l'armée française qui vont se faire passer en revue. Voyez plutôt là-bas !

* Traversin, Couverture.

TRAVERSIN.

.Tais-toi donc, petite bête !... Tu sais bien que je n'y vois pas !... Je me suis déguisé en clarinette... et tu me sers de caniche !... Tâche de te fourrer ça dans la caboche !

COUVERTURE.

C'est juste !... O ciel ! mettez un cadenas sur mes lèvres !

TRAVERSIN.

Remarques-tu comme je suis malin, ô ma nièce ?... Les blancs me cherchent partout, et je me faufile au milieu d'eux !

« J'observe leurs projets du fond de ma baraque !
» Ils viennent me traquer... et c'est moi qui les traque ! »

Je vous demande encore pardon de parler en vers... C'est un tic que j'ai contracté dans ma jeunesse... ça m'a fait bien du tort dans la société !

COUVERTURE.

Mais, mon oncle... croyez-vous qu'on nous laisse là ?... Cette cabane les gêne !... Je crains qu'ils ne démolissent cette misérable hutte !

TRAVERSIN.

Qu'ils y viennent !... tu verras comme je défendrai mon chenil !... Je leur crierai, du fond de ma poitrine : Laissez-moi ma hutte ! laissez-moi ma hutte !... et les Français sont toujours sensibles à une *hutte de poitrine !*

COUVERTURE.

J'aperçois deux jambes qui se dirigent par ici.

TRAVERSIN.

Tiens, c'est le père Antoine ! tu vas voir comme je fais bien l'aveugle ! Je parie deux sous qu'il ne me reconnaît pas !

SCÈNE II.

LES MÊMES, LE PÈRE ANTOINE.*

ANTOINE.

Je viens voir si on a besoin de moi... je tâche de me rendre utile !...

TRAVERSIN, *tendant son chapeau.*

Un petit sou, mon bon Monsieur, s'il vous plaît ?... **

ANTOINE.

Retire-toi, vieille vermine !

« Va, chien de moricaud ! fuis, ta race est trop vile !
» Ou je te fais pincer par un sergent-de-ville !... »

TRAVERSIN.

Voilà comme vous me recevez, père Antoine ?

* Traversin, Couverture, Antoine.
** Couverture, Traversin, Antoine.

ANTOINE.

Tiens, c'est le père Traversin !... Ça va bien ?

TRAVERSIN.

Pourquoi roulez-vous votre bosse dans ce paysage ?

ANTOINE.

Je traîne mes savattes par ici... Je viens espionner les blancs...
je tâche de me rendre utile !

TRAVERSIN.

J'exerce les mêmes fonctions... je suis à l'affût !

ANTOINE.

En aveugle ?... c'est très-ingénieux !... d'autant plus que les
généraux français vont tenir conseil près de cette cabane !

TRAVERSIN.

Je les moucharderai !

COUVERTURE.

Mon oncle, j'aperçois plusieurs jambes qui s'avancent de ce
côté ! *

ANTOINE.

Rentrez dans votre taudis..... et si vous avez besoin de
moi...

TRAVERSIN.

Je vous avertirai...

ANTOINE.

Serviteur !...

ANTOINE.

Air : *Comprenez-moi bien, mes enfants.*

Je suis bien l'vôtre, mes enfants,
De tout' mon âme !

TRAVERSIN.

Chargez-vous d'mes compliments
Près de Madame.

ANTOINE.

Soyons vigilants et discrets,
Usons d'astuce !

COUVERTURE.

A l'oreille, je vous promets
D'avoir la puce.

ENSEMBLE.

Adieu donc mon cher capucin.
Traversin.

Je vous salue !
Après cette entrevue ,

* Traversin, Antoine, Couverture.

Je me sens l'esprit plus badin ;
Point de chagrin ,
Et buvez du bon vin !

(*Ils rentrent dans la cabane. Musique.*)

SCÈNE III.

ISAAC, ALBERT, *en hussards,* TRAVERSIN *et* COUVERTURE, *cachés.*[*]

ISAAC, *tirant son frère par les basques de son habit.*
Mais viens donc, mon frère... viens donc par ici !
ALBERT, *allant à reculons.*
Veux-tu finir?... Tu vas déchirer mon dolman.
ISAAC.
Est-ce que tu ne vois pas, là-bas ?
ALBERT.
Quoi ?
ISAAC.
La mare aux Canards.
ALBERT.
Tu n'es qu'une oie !
ISAAC.
Et là-bas, la prairie, la fontaine, le moulin, le hangard, le clocher, la montagne ?
ALBERT.
Assez !
ISAAC.
Oh ! je voudrais me rouler sur l'herbe !... je voudrais manger de la soupe aux choux !... Mais nous sommes comme des hannetons qui ont un fil à la patte !
ALBERT.
Tu n'es qu'un ingrat, un ours, un sauvage !...
ISAAC.
Dame ! je pense à nos parents... à Couverture !... (*Il s'éloigne.*)
COUVERTURE, *qui vient de sortir de la hutte.*
Mon nom !... (*Elle laisse tomber une assiette.*)[**]
TRAVERSIN, *sortant derrière elle une écuelle à la main.*
Petite cruche, va !
COUVERTURE.
Regardez ! deux petits noirs... dont un blanc !... mon cœur me dit que ce sont vos fieux !
TRAVERSIN.
O ciel ! (*Il laisse tomber son écuelle.*)

[*] Isaac, Albert.
[**] Traversin, Couverture, Isaac, Albert.

COUVERTURE.

Vieille brute, va !

ISAAC.

Ah ! mon frère !... là-bas !... ce tuyau !... c'est la cheminée où nous avons vu le jour !... Si nous appelions le père et la mère Traversin !

ALBERT.

Ça y est !... Ohé ! papa !

ISAAC.

Ohé ! maman !... C'est moi !... c'est Isaac qui vous appelle !

TRAVERSIN, *leur tendant les bras.*

Me v'là ! me v'là !

COUVERTURE, *l'arrêtant.*

Pas de boulette !

TRAVERSIN, *revenant à lui.*

Est-ce embêtant de ne pouvoir baiser ses petits !

SCÈNE IV.

Les mêmes, SALVADOR. *

SALVADOR.

Qu'est-ce qui beugle comme ça par ici ?...

COUVERTURE.

Voici leur instituteur primaire.

SALVADOR.

Comment, c'est vous ?... Ah ça, nous allons nous taire.. ou je vous flanque un régiment de calottes !

ALBERT.

C'est que, voyez-vous, cette cheminée... c'est chez nous !... c'est là que notre père se chauffe les jambes !

ISAAC.

Oh ! moi je suis fier de papa !

SALVADOR.

Encore son papa !... Est-il arriéré, ce cornichon-là ! Mais sais-tu seulement ce que c'est qu'un père ?... Il faut bien que je te l'apprenne... puisque je suis ton précepteur !... Un père est une chose qui se fabrique rue du Hasard ! c'est une douzaine de macarons qu'on gagne à la loterie !... On ne lui doit rien... que la vie !... et encore !... et encore !... Tandis qu'un grand homme... c'est une autre *paire*... de manches !... Avec lui, on n'est plus le fils de personne... on voit sa famille *en bas de soi*... et on trépigne dessus !... Quant à moi, je sais bien que si le premier consul m'offrait quarante sous pour battre mon père, je ne ferais ni une, ni deux !... je donnerais une tripotée à l'auteur de mes jours !... Voilà, mes enfants, des sentiments nobles ! voilà la grandeur ! voilà la gloire !

---

* Traversin, Couverture, Isaac, Albert.

ISAAC.

Mais vous êtes un infâme gredin !

SALVADOR.

Plaît-il ? Nous réglerons nos comptes ce soir !... (*Inscrivant sur un carnet.*) Vingt-cinq patoches à Isaac !... Il t'en cuira, mon drôle

ALBERT.

Voici le conseil de guerre !

SALVADOR.

Ne bougez pas !... et soyez sages comme des images !

SCÈNE V.

LES MÊMES, TRAVERSIN, *assis devant sa porte avec* COUVERTURE, LES GÉNÉRAUX FRANÇAIS. *

(*Pendant le chœur, un grand parapluie de halle est arrivé en scène, s'est déployé, et les généraux se sont assis.*)

CHOEUR.

Air *du Maçon.*

Travaillons,
Conseillons,
Décidons,
Et tranchons ;
Observons,
Surveillons
Marrons
Et négrillons !

(*Chaque général est entré un pliant sous le bras.*)

LE GÉNÉRAL LECLERC.

Messieurs, écoutez ce que vous allez entendre !... Dans ce pays noir... nous ne sommes pas blancs !... Le père Traversin nous taille des croupières.... on l'attend toujours... et il n'arrive jamais !... On dit qu'il s'est retiré dans les mornes... Il a un goût prononcé pour tout ce qui est morne... ça n'est pas gai ! Que pense de cela le général Chose ?

LE GÉNÉRAL CHOSE.

Moi, voici mon avis : brûlons, ravageons, dévastons les sillons.

LECLERC.

Ca n'est pas plus gai ! Et votre opinion, général Machin ?

* Traversin, Couverture, *à gauche* ; Moïse, Leclerc, Chose, *au milieu* ; Salvador, Isaac, Albert *et autres généraux, à droite.*

LE GÉNÉRAL MACHIN.

Moi, je vous dirai que si les nègres étaient des oiseaux, j'aurais un moyen de les prendre tous... ce serait de leur mettre un grain de sel,.. mais comme ce ne sont pas des oiseaux, je suis très-embarrassé !

LE GÉNÉRAL CHOSE.

Brûlons, ravageons, dévastons les sillons !

LECLERC.

Cette discussion m'éclaire beaucoup, mais elle ne m'apprend rien... Continuez, général Machin !

LE GÉNÉRAL MACHIN.

Je vous ferai observer que les noirs sont tous des mioches !... c'est le père Traversin qui les mène !... Attrapez le père Traversin, et vous avez le reste !... Vous savez que cet homme est dévoré d'ambition... offrez-lui une place de garde-champêtre... et il est à nous !

LECLERC.

Oui, mais comment le découvrir ?

LE GÉNÉRAL CHOSE.

Brûlons, ravageons, dévastons les sillons !

LECLERC.

Vous nous ennuyez, vous !...

LE GÉNÉRAL CHOSE.

C'est mon opinion.

LECLERC.

J'ai déjà envoyé plusieurs fois chercher le père Traversin... on ne le trouve jamais !

LE GÉNÉRAL MACHIN.

Parce que vous envoyez des blancs... mais un noir serait mieux reçu !... Ce vieil aristocrate tient à l'étiquette... il faut être en noir pour entrer chez lui !

LECLERC.

Il nous faudrait pour ça un mendiant... quelque chose de très-crotté.

LE GÉNÉRAL MACHIN.

J'ai votre affaire !... Voyez-vous cet aveugle sur sa porte ?... Je parie que pour trois sous il porte une lettre dans la lune !

LECLERC.

Qu'il approche !... je veux lui faire un tas de questions !

MACHIN, *qui s'est approché de Traversin.*

Levez-vous, vieille araignée !... on a deux mots à vous dire.

TRAVERSIN.

Ne me dérangez pas .. je suis en train de roupiller !...

MACHIN, *le faisant lever.*

Mais venez donc !... c'est pour votre bien !... vous aurez la pièce !...

TRAVERSIN.

Où me conduit-on ? Ma fille, crie-moi casse-cou !

COUVERTURE.

Vous êtes devant le général en chef !

SCÈNE VI.

LES MÊMES, TRAVERSIN, COUVERTURE.*

TRAVERSIN.

Le général en chef !... Que voulez-vous de moi ?... un air de clarinette ?... avec plaisir... (Il joue quelques notes.)

LECLERC.

Assez !... vous n'êtes pas fort !

TRAVERSIN.

Vous vous moquez de mes canards ?

LECLERC.

Non, brave homme ! Sous la République, les canards l'ont bien passée !... Voulez-vous la servir ?

TRAVERSIN.

Asservir la République ! .. Je ne suis pas en position de faire un coup d'État !

LECLERC.

Il est amusant !... Écoutez ! j'ai à faire passer au père Traversin un petit billet... très-gros d'événements !...

LE GÉNÉRAL MACHIN.

La commission est scabreuse !... il vous escofiera peut-être... réfléchissez ! S'il vous tue, votre fille recevra cent sous du Trésor public !... Si vous en revenez, vous aurez l'estime des honnêtes gens !

TRAVERSIN.

Les cent sous me décident.

LECLERC.

Noble vieillard !

LE GÉNÉRAL MACHIN.

Connaissez-vous le père Traversin ?

TRAVERSIN.

Je ne connais que lui... nous avons été en maison ensemble !...

« Lui, valet .. moi, cocher ! on doit bien se connaître !...
» Nous avons dix-huit ans servi le même maître...
» Mangé le même pain, bu le même bouillon...
» Reçu des coups de pied dans le même sillon !...

LE GÉNÉRAL MACHIN.

Je comprends cette figure.

LECLERC.

Quel langage plein d'élévation !...

LE GÉNÉRAL CHOSE.

Brûlons, ravageons, dévastons les sillons !...

* Couverture, Traversin, etc.

LE GÉNÉRAL MACHIN.

Le père Traversin aime-t-il sa femme ?

TRAVERSIN.

Il l'aime d'autant plus qu'il est veuf.

LE GÉNÉRAL MACHIN.

Aime-t-il ses enfants ?

TRAVERSIN.

Ses enfants !... Sapristi ! demandez à la planche qu'on rabote si elle aime ses copeaux ! Ses enfants !... demandez à qui vous voudrez, on ne vous répondra pas !... Ses enfants !... ah ! il donnerait sa paillasse pour les embrasser !

LE GÉNÉRAL MACHIN.

Suffit !... Attendez une minute ! Nous allons délibérer sur la paillasse... (*Traversin passe à droite, guidé par Couverture.*)

TRAVERSIN, *passant devant Salvador.*

Un petit sou, mon bon monsieur !

SALVADOR.

Voici : rendez-moi trois liards.

SCÈNE VII.

LES MÊMES, MOÏSE, *général noir.* *

MOÏSE, *poussant un cri sauvage dans la coulisse.*

Oh ! houp !

LECLERC.

D'où vient ce hurlement ?

MOÏSE, *se présentant.*

Peut-on entrer ?

LECLERC.

Qui es-tu, toi ?

MOÏSE.

Général noir qui veut trahir.

LECLERC.

Touche-là ! tu es un honnête homme !

MOÏSE.

Je m'appelle Moïse !... Je suis le neveu de Traversin !... mais j'ai une dent contre lui !... et je vais vous révéler ses projets comme si vous étiez dans sa poche ! (*Pendant ce qui suit, Traversin rampe et se glisse derrière Moïse.*)

LECLERC.

Quels sont ses desseins ?

MOÏSE.

Je ne sais pas !... Je connais ses projets... mais j'ignore ses desseins !...

LE GÉNÉRAL MACHIN.

Comment pourrait-on l'empoigner ?

* Machin, Moïse, Leclerc, Chose, etc.

MOÏSE.

En lui mettant la main sur le collet!

LECLERC.

Qui le découvrira?

MOÏSE.

Moi.

LECLERC.

Achève... où est-il?

MOÏSE.

« Il vit dans une cave, au fond d'une futaille...

LECLERC.

» Quoi! vraiment, il est là?...

TRAVERSIN, *entre Machin et Moïse, se relevant.*

Tu n'es qu'une canaille!... »

(*Prenant l'épée du général Machin.*)
Monsieur, voulez-vous permettre?... (*Il la passe au travers du
corps de Moïse qui se sauve avec.*)

MOÏSE.

Je suis écorché!

LES GÉNÉRAUX.

A la garde! au secours! à l'assassin!... (*Ils restent im-
mobiles.*)

TRAVERSIN.

Messieurs, je vous présente mes devoirs!...

LES GÉNÉRAUX, *le saluant.*

Monsieur... (*Ils crient.*) A la garde! à la garde!

TRAVERSIN.

Courez après moi! s'il vous plaît!... (*Il fait le tour du théâtre,
les généraux le suivent à la queue les uns des autres. Il se jette à la
mer. Cri général.*)

FIN DU DEUXIÈME ACTE.

ACTE III.

Un souterrain servant de prison, soutenu par deux piliers. — Le
jour arrive par un large soupirail fermé avec des barreaux. — Au
fond, une porte grillée donnant sur un corridor. — A droite, une
petite porte perdue dans le mur.

SCÈNE PREMIÈRE.

COUVERTURE, *seule. Elle est assise sur une botte de paille et
enchaînée à un pilier avec une petite ficelle.*

Coffrée! coffrée!... Ah! c'est bien arbitraire!... Les brigands

m'ont mise au frais dans cette cave !... Ils m'ont accablée de
chaînes pesantes qui meurtrissent mes membres! (*Elle agite
ses ficelles.*) Et n'avoir personne pour tailler une bavette!..,
Adieu, soleil !.. adieu, brise du soir !... adieu, chaleur du
jour !... adieu... toutes sortes de choses !... Où es-tu, ô mon
Albert! toi que j'aime le plus au monde?... Où es-tu, ô mon
Isaac, toi que j'aime aussi le plus au monde?... Où êtes-vous?...
Où suis-je moi-même? moi que j'aime aussi le plus au monde !...

SCÈNE II.

COUVERTURE, ISAAC. [*]

ISAAC, *en dehors.*

Prrr !

COUVERTURE.

Qu'entends-je?... Est-ce le chant du rossignol qui conte ses
amours au printemps ?

ISAAC, *paraissant au soupirail.*

C'est ici!... J'ai entendu remuer!... (*Il passe à travers les
barreaux, qui sont très-écartés.*) Voilà une prison commode !

COUVERTURE.

Ou le cri plaintif de la fauvette ?

ISAAC, *qui s'est approché.*

Couverture !

COUVERTURE.

Isaac !

ISAAC.

O ma sœur !

COUVERTURE.

O mon ange !

ISAAC.

Elle !

COUVERTURE.

Lui !

ISAAC.

Nous!... (*Il l'embrasse.*) Ah ! laisse-moi couvrir tes joues de
baisers longs comme l'horizon des mers !

COUVERTURE, *à part.*

Comme il s'exprime, ce gamin-là !

ISAAC, *l'embrassant.*

Encore !

COUVERTURE.

Voyons, Isaac!... finissez!... Être enchaînée et ne pouvoir se
défendre !... Éloigne-toi... que je te passe en revue!

ISAAC, *s'éloignant.*

Passez! (*Il fait une pirouette pour se montrer sous toutes ses
faces.*)

[*] Isaac, Couverture.

COUVERTURE.

Moutard!... comme tu es grandi!... Reviens! je veux respirer ton haleine!

ISAAC.

C'est que je viens de fumer !

COUVERTURE.

Qu'importe!... respirer le tabac de celui qu'on aime .. c'est très-chic!

ISAAC, *à part.*

Est-elle devenue lionne !

COUVERTURE.

Approche... là!... sur mes genoux!

ISAAC, *à part.*

Tiens! tiens! la cousine!

COUVERTURE, *lui prenant la tête.*

Pauvre chérubin! Est-il blanc!... Que fait le grand Traversin?

ISAAC.

Il continue à s'occuper de l'affranchissement des noirs...

COUVERTURE.

Que je te regarde encore... longtemps... toujours! (*Lui retournant brusquement le visage.*) Bah! j'en ai assez!

ISAAC, *se levant.*

Déjà?

COUVERTURE, *à part.*

Décidément, j'aime mieux Albert... il est moins gringalet!... (*Haut.*) Où est mon Albert?

ISAAC.

Dans la prairie.

COUVERTURE.

Mon cœur me le disait.

ISAAC.

Il joue au bouchon avec nos tyrans!

COUVERTURE.

Je veux aller le trouver... brise mes fers!

ISAAC.

Avec plaisir! (*Il cherche à dénouer la ficelle.*) Màtin! c'est solide!

COUVERTURE.

Alors, coupe!... coupe! Je veux voir Albert!

ISAAC.

Je n'ai pas mon couteau!... mais je vais chercher mon frère... il a son eustache!

COUVERTURE.

Va, cours, vole!

2

ENSEMBLE.

Air : *Rien, rien, ne crains rien* (Lully, 1er acte.)

COUVERTURE.	ISAAC.
Va, va, cher ami !	Je vais, en ami,
Et ramène ici	Ramener ici
Cet objet chéri ;	Cet objet chéri ;
Ne r'viens pas sans lui !	J'ne r'viens pas sans lui !

(*Il sort par le soupirail.*)

SCÈNE III.

COUVERTURE, *seule.*

Dieu ! qu'il est long à revenir !... que vais-je faire ?... Si j'avais là les culottes de mon oncle... j'y remettrais des boutons... Coffrée ! coffrée !... Adieu, soleil ! adieu, brise du soir !... adieu !.. Je me répète !.. la solitude m'abrutit !.. Tiens, on gratte à la porte !... On va venir causer ici !... Cette conversation pourrait m'endormir... prenons l'avance !.. (*Elle s'étend et s'endort.*)

SCÈNE IV.

COUVERTURE, *endormie.* — A gauche, SALVADOR, VERMICELLI. *

SALVADOR, *entrant par la porte de droite et parlant à Vermicelli.*
Viens par ici ! Je t'amène dans cette prison pour te raconter des choses qu'il faut enfermer... dans ton sein ! (*Vermicelli veut parler.*) Silence ! ne me réponds pas... Tu es mon confident... tu es ici pour m'écouter et m'offrir du tabac !... Donne-moi une prise !... (*Vermicelli lui en offre une.*) Apprends d'abord que je fus jadis un aimable polisson !... Il y a une vingtaine d'années, je commis un enfant dans cette île !... J'ai perdu entièrement de vue cet opuscule de ma jeunesse ! (*Vermicelli rit.*) Eh ! eh ! ça te fait rire, hein, vieux tartare ?... ** Le général en chef... une panade qui a femme et enfants... trouve que ma conduite est ignoble ! (*Vermicelli veut parler.*) Ne me réponds pas !... Je connais tes principes... tu n'en as pas !... Je les partage !... Ainsi, tâche de découvrir la petite... Va, questionne, interroge... et quand tu auras mis la main sur cette fille chérie, flanque-la-moi sur un bon navire... ou sur un mauvais... comme tu voudras... J'aimerais mieux un mauvais... Voilà mes instructions !... Tu ne me sers plus à rien.. file ton nœud !... (*Vermicelli va pour sortir.*) Ah ! donne-moi du tabac !

* Vermicelli, Salvador, Couverture.
** Vermicelli, Salvador, Couverture.

Air : *Bon voyage, M. Dumolet.*

Bon voyage !
Cours sans retard ,
Mais, sur ta vie ! observe ton langage !...
Je t'engage
A te taire , car
On te connaît pour être un vieux bavard !

(*Vermicelli, après l'ensemble, sort par où il est entré.*)

SALVADOR, *seul.*

Maintenant que je n'ai plus rien à dire... je vais me promener par-ci, par-là, de long en large... j'ai besoin de ça pour ma santé... (*Il sort par la porte de gauche.*)

SCÈNE V.

COUVERTURE, *seule, puis* ALBERT *et* ISAAC, *puis* SALVADOR, *puis* DES SOLDATS.

(*A peine Salvador est-il sorti, que Couverture relève la tête et éternue.*)

COUVERTURE.

Je m'enrhume !

ISAAC, *se montrant au soupirail.*

Coucou !

COUVERTURE.

Encore le rossignol !

(*Isaac et Albert sont descendus par le soupirail.*)

ALBERT, *à Isaac.* *

Où me conduis-tu ?

ISAAC, *lui montrant Couverture.*

Regarde !

ALBERT.

Couverture !

COUVERTURE.

Albert !

ALBERT.

O ma sœur !

COUVERTURE.

O mon ange !

ALBERT.

Elle !

COUVERTURE.

Lui !

ISAAC.

Nous !

_____

* Albert, Isaac, Couverture.

COUVERTURE.

Qu'il est beau !

ALBERT.

Qu'elle est belle !

ISAAC.

Qu'ils sont bêtes !

COUVERTURE.

Albert, vous ne m'embrassez pas !... je vous trouve tiède !

ALBERT.

Les blancs m'ont dit qu'il n'était pas décent d'embrasser les demoiselles.

COUVERTURE.

Ah ! comme ils t'ont corrompu !

ISAAC, *prenant la main d'Albert.*

Viens... et fais comme moi ! *

SALVADOR, *reparaissant.*

Mes élèves !... dissimulons !... (*Il se cache derrière un pilier.*)
(*Isaac et Albert embrassent Couverture.*)

COUVERTURE.

Finissez !... petits coquins ! Être enchaînée... et ne pouvoir se défendre !. .

SALVADOR, *à part.*

Mes élèves sont plus avancés que je ne croyais !

COUVERTURE.

Lequel choisir ?

ISAAC *et* ALBERT.

Moi !

SALVADOR, *à part.*

Si je leur soufflais la petite !

COUVERTURE.

Plus tard !... Délivrez-moi d'abord de ces chaînes qui me font des bleus !

ALBERT.

Voilà, j'ai apporté mon couteau. (*Il coupe la corde.*)

COUVERTURE.

Je suis déchaînée !... **

ALBERT.

Filons ! ***

COUVERTURE.

Avant de quitter cette conciergerie, je me dois à moi-même de chanter un hymne à l'Être Suprême !

ALBERT.

Ça va nous retarder !...

COUVERTURE.

Y êtes-vous ?

* Couverture, Albert, Isaac.
** Couverture, Isaac, Albert.
*** Albert, Couverture, Isaac.

ALBERT *et* ISAAC.

Partez !...

ENSEMBLE.

AIR : *Trou la la !*

Trou la la ! (*bis.*)
Que diable faisons-nous là !
Chanter, en ce moment,
C'est, vraiment, très-imprudent !

ALBERT.

En route !... ne flânons pas ! (*Isaac et Albert prennent Couverture par l a main et remontent en courant.*)

SALVADOR, *remontant.*

Halte ! *

TOUS.

Ciel !.. le pion !

SALVADOR.

Ah ! mes petits agneaux !... voilà comme vous employez vos
récréations... vous coupez des demoiselles !.. nous allons rire !
Holà ! gardes !... (*Deux gardes paraissent.*) Empoignez ces bam-
bins !... je les flanque en retenue !...

ISAAC *et* ALBERT.

C'est une injustice ! **

SALVADOR.

Silence !.. vous me copierez trente fois le verbe : Je chante faux
un hymne à l'Être Suprême !... allez !...

REPRISE DE L'ENSEMBLE.

Trou la la ! (*bis.*)
Que diable avons-nous fait là ?
Chanter, en ce moment,
Était vraiment imprudent !
(*Les gardes entraînent Isaac et Albert.*)

SCÈNE VI.

COUVERTURE, SALVADOR. ***

SALVADOR, *à part.*

La petite est gentille... j'ai envie de la dépoétiser !

COUVERTURE, *qui a examiné Salvador.*

Ah ! mon Dieu !.. ah ! mon Dieu ! ah ! mon Dieu ! (*Elle s'enfuit
au bout du théâtre et tire un portrait.*) On m'avait bien dit qu'il
me servirait !

SALVADOR.

Commençons par la chiffonner !

* Albert, Salvador, Couverture, Isaac.
** Albert, Isaac, Salvador, Couverture.
*** Salvador, Couverture.

COUVERTURE *se rapproche et le confronte avec le portrait.*
C'est bien ça... tout y est !

SALVADOR.

On dirait qu'elle me guigne !

COUVERTURE.

Cet nez stupide... cette bouche extravagante... ce menton fabuleux ! (*Poussant un cri.*) Ciel ! papa ! (*Elle tombe évanouie aux pieds de Salvador.*)

SALVADOR.

Qu'est-ce qu'elle a dit?.. Ramassons tout ça !... (*Il la soulève d'un bras et ramasse le portrait de l'autre. — Le regardant.*) Que vois-je?... Ma frimousse entre les mains de cette gamine !... c'est ma fille !!! (*Il la laisse retomber lourdement à terre.*) Sacrebleu ! voilà une tuile bien désagréable !... (*La contemplant.*) Et cependant, c'est ma fille !... J'éprouve un petit bout d'attendrissement... et cette perle qui vient me chatouiller l'œil... (*S'essuyant les yeux.*) Voyons ! il s'agit de m'en débarrasser ! (*Il la relève et la dépose à droite.*)

SCÈNE VII.

LES MÊMES, LE PÈRE ANTOINE.

ANTOINE, *paraissant à la grille du dehors, à gauche.*
Je viens voir si l'on a besoin de moi !

SALVADOR.

Non, pas encore !... (*Revenant à Couverture.*) Pauvre innocente !... c'est mon sang ! c'est mon âme !... Si je pouvais l'introduire aux Enfants-Trouvés !

ANTOINE, *reparaissant.*

Avez-vous besoin de moi ?

SALVADOR.

Pas encore ! (*Antoine disparaît.*) Que faire?.. je ne peux pas la laisser là !... Mais toutes les issues sont gardées !... Pas moyen de la faire sortir !... (*D'une voix sombre.*) Du moins, en une seule fois !

ANTOINE, *reparaissant.* *

Vous devez avoir besoin de moi ?

SALVADOR.

Oui, tu peux entrer.

ANTOINE.

Je le savais bien.

SALVADOR.

Veux-tu gagner quarante sous ?

ANTOINE.

Je tâche de me rendre utile... mais ne me proposez pas une saleté !

---

* Antoine, Salvador.

SALVADOR.

Au contraire... c'est un paquet très-propre... qu'il s'agit de porter... ce colis que tu vois là!... (*Il indique Couverture.*)

ANTOINE.

Qu'est-ce que c'est que ça?... *

SALVADOR.

Rends-toi sur le port... demande le nommé Vermicelli... c'est mon garçon de magasin...

ANTOINE.

C'est entendu! (*Il enveloppe Couverture dans sa robe.*)

SALVADOR.

Ces corridors sont pleins de satellites!... prends garde qu'on ne s'aperçoive...

ANTOINE.

Est-ce que ça se voit?

SALVADOR.

Pas beaucoup!

ANTOINE.

Je dirai que c'est une jeune novice... et on ne la reconnaîtra pas. (*A part.*) O Traversin!... avant une heure, tu auras embrassé ta Couverture! (*Antoine sort par la gauche.*)
(*Salvador reste un moment seul; il s'essuie les yeux, pousse un petit gémissement et sort par la droite.*)

(Le décor change à vue.)

FIN DU TROISIÈME ACTE.

ACTE IV.

Le théâtre représente les mornes du chaos.

SCÈNE PREMIÈRE.

TRAVERSIN, et son ÉTAT-MAJOR.

(*Au lever du rideau, Traversin est debout sur un rocher; il est entouré de noirs.*)

CHOEUR.

AIR : *Le vin par sa douce chaleur* (Savonnette.)

Vous nous voyez tous réunis,
Et vous êtes notre espérance ;
Nous vous jurons obéissance.

* Salvador, Antoine.

Conduisez-nous, sans défiance ,
Nous braverons tous nos ennemis ! (*bis.*)
Tous nos ennemis !

TRAVERSIN, *sur le rocher.*

Messieurs, et chers collaborateurs... je ne vous cacherai pas
que ça sent la chair fraîche.. ce sont les blancs qui s'avancent !...
Tombez dessus à coups de triques, jetez-leur des cailloux !..
Faites-leur des noirs tant que vous pourrez !... et que ceux
d'entre vous qui ont des cornes... il doit y en avoir... leur flan-
quent des grands coups de tête dans le ventre !... Aux armes !

TOUS.

Aux armes !...

AIR *de Lully* (Pour la grande bataille.)

Quand il s'agit de gloire,
Les noirs ne sont pas fainéants !
Courons à la victoire,
Et tapons sur les blancs !
(*Ils sortent de tous les côtés.*)

TRAVERSIN, *seul, descendant du rocher.*

Ce peuple chante faux... mais il est rempli d'avenir !... Ah !
si j'avais là ma nièce, pour lui passer la main dans les cheveux,
ça me donnerait des idées... mais je ne l'ai pas... ça me gêne
beaucoup !

SCÈNE 11.

LES MÊMES , LE PÈRE ANTOINE , COUVERTURE , *toujours
enveloppée dans la robe du père Antoine.* *

LE PÈRE ANTOINE.

Nous voici ! nous voici !... Sapristi ! que j'ai chaud !...

TRAVERSIN.

Toujours évanouie ?

ANTOINE.

Toujours... depuis hier soir !... J'ai traversé avec elle l'armée
ennemie : infanterie, cavalerie, artillerie !... j'ai même bu un
canon... On ne s'est aperçu de rien... pas même du canon !

COUVERTURE, *revenant à elle.*

Vieux pochard, va !

ANTOINE.

Couverture !...

TRAVERSIN.

Ta syncope est finie ?

* Antoine, Couverture, Traversin.

COUVERTURE.

Il y a longtemps... mais, je n'ai rien dit, pour me faire porter!...

ANTOINE.

Je le savais bien, mais je voulais me rendre utile. (*Ils rient tous les trois.*) Adieu!...

TRAVERSIN.

Où allez-vous?

ANTOINE.

Je vais casser une croûte. (*Il sort à gauche.*)

SCÈNE III.

TRAVERSIN, COUVERTURE. *

TRAVERSIN.

Je suis un homme bien à plaindre, ô ma nièce!... J'ai deux petits, et personne ne m'appelle papa!

COUVERTURE.

Je vous appellerai papa si vous voulez.

TRAVERSIN.

Ce n'est pas la même chose!... Tu n'es pas la chair de ma chair... ni les os de mes os... c'est diablement différent!

COUVERTURE.

Je ne sais pas pourquoi vous me dites des choses désagréables!

TRAVERSIN.

Voyons, ne pleure pas!...

SCÈNE IV.

LES MÊMES, LE MATELOT. **

LE MATELOT.

C'est moi!... ne vous dérangez pas!

TRAVERSIN.

Que veux-tu?

LE MATELOT.

Je viens vous apporter une nouvelle qui vous rendra tout joyeux!

TRAVERSIN.

Parle!

LE MATELOT.

Soyez d'abord joyeux!... je parlerai après.

TRAVERSIN, *riant.*

Eh! eh! eh! je suis très-joyeux!... Mais parle vite... ou je t'assomme!

---

* Traversin, Couverture.
** Traversin, le matelot, Couverture.

LE MATELOT, *parlant très-vite.*

Les blancs vous renvoient vos fils... ils sont à la porte... Qu'est-ce qu'il faut en faire ?

TRAVERSIN.

Qu'est-ce que tu bredouilles ?

LE MATELOT.

Vous m'avez dit : Parle vite !

TRAVERSIN.

Oh ! j'ai envie de t'arracher le nez !..

LE MATELOT, *lentement.*

Les blancs vous renvoient vos fils... ils sont à la porte... Qu'est-ce qu'il faut en faire ?

TRAVERSIN.

Mes fils ! mes lionceaux !

LE MATELOT.

Faut-il les fusiller ?

TRAVERSIN.

Plus souvent !.. Qu'on les introduise... et qu'on ne touche pas à un seul de leurs cheveux... à moins que ce ne soit pour les friser !

LE MATELOT.

On y va ! (*Il sort.*)

SCÈNE V.

TRAVERSIN, COUVERTURE.*

TRAVERSIN.

Ils vont venir... mon cœur bondit !...

COUVERTURE.

Je savais bien, moi, qu'ils reviendraient !... (*A part.*) Je palpite en partie double !... mon pauvre cœur est une chandelle qui brûle par les deux bouts !

TRAVERSIN.

Les voici !... je suis déjà très-ému !

SCÈNE VI.

LES MÊMES, ALBERT, ISAAC.**

(*Albert et Isaac s'élancent vers Traversin qui leur tend les bras. Ils forment, avec Couverture, le groupe de Laocoon. Ils sanglottent tous comiquement, et disent ensemble.*)

TRAVERSIN.

Mes petits !

ALBERT.

C'est moi !

COUVERTURE.

Mes amants !

ISAAC.

Papa !

* Traversin, Couverture.
** Albert, Traversin, Isaac, Couverture

TRAVERSIN.

C'est nous !... Ah ! si la mère Traversin était là !... elle vous ferait des tartines !... Mes enfants, mettons-nous à genoux tous les quatre, et pleurons comme des veaux !

ALBERT.

Ça va gâter mon pantalon !... (*Ils s'agenouillent*).

TRAVERSIN.

Et restons comme ça pas mal de temps !... Isaac, invoque un peu Mahomet... Je serais bien aise de voir si tu sais encore invoquer Mahomet ?

ISAAC.

J'ai oublié l'air !...

TRAVERSIN.

C'est égal ! nous sommes en plein air.

ISAAC.

AIR *du Marquis de Carabas.*

Mahomet, que j'révère,
J'implore ton secours !
Écout' ma prière !
Accord'-nous tous les jours
Un repas excellent,
Des gâteaux et du flan,
Du brochet, des merlans,
Et rends-nous tout blancs !

TOUS.

Un repas excellent, etc.

TRAVERSIN, *se levant.*

Tout blancs !.. Tu me fais dire des bêtises ! Ah ça !.. vous venez de la part du tyran... Qu'est-ce qu'il demande ?

ALBERT.

La paix !

TRAVERSIN.

Je n'en veux pas...

ALBERT.

La guerre !

TRAVERSIN.

Je n'en veux pas...

ALBERT.

Du reste... voici le *Moniteur!* Ecoutez ! c'est un article signé Buonaparte :

« Dites à Traversin, en paroles très-brèves,
» Que le gâteau des Rois peut renfermer deux fèves. »

TRAVERSIN.

Sapristi ! c'est profond !...

« Ces vers sont ambigus... mais je comprend le mot,
» Et je vois un Empire au fond du haricot !... »

SCÈNE VII.

LES MÊMES, LE PÈRE ANTOINE.*

ANTOINE, *criant des journaux.*

Achetez le journal de l'Empire !... voyez le journal de l'Empire !

TRAVERSIN.

Le père Antoine !.. Ah ! ça, vous êtes donc porteur de journaux, à présent ?

ANTOINE.

Je tâche de me rendre utile !... écoute ce que le grand homme disait à Grégoire...

TRAVERSIN.

J'aime mieux boire !

ANTOINE.

Du tout ! (*Il déplie un journal et lit.*) Citoyen Grégoire... nous nous occuperons des nègres cet hiver... mais, au mois de juillet... je ne peux pas les *sentir.*

TRAVERSIN, *gaiement.*

Les sentir !... ah ! très-joli ! Comme ce monsieur flaire les événements !...

ANTOINE.

Imbécile !

TRAVERSIN.

Bigre ! c'est vrai !... Mais il nous trahit... il nous triche !... ce Corse est un Grec !

ALBERT.

Papa... vous vous oubliez !

TRAVERSIN, *à Albert.*

Approche ici, toi !... je vais te flanquer ton paquet.** Va-t-en ! tu n'es plus mon fils !... (*S'attendrissant.*) Ah ! si !... tu es mon fils !... tu es mon premier né !... Avant toi, je n'avais pas de né !...

ALBERT.

Pas de né !... je reste !

TRAVERSIN.

Embrasse ta cousine ! ***

SCÈNE VIII.

LES MÊMES, SALVADOR, *dans la coulisse.*

SALVADOR , *en dehors.*

Albert !...

---

* Albert, Antoine, Traversin, Isaac, Couverture.
** Antoine, Albert, Traversin, Isaac, Couverture.
*** Antoine, Traversin, Albert, Couverture, Isaac.

ALBERT.

Ciel ! mon précepteur !

SALVADOR, *de même.*

Embrassons papa et filons ; chaud ! chaud !...

ALBERT.

Cette voix fêlée... c'est le cri de ma conscience

TRAVERSIN.

Mon fils !...

ISAAC.

Mon frère !...

COUVERTURE.

Mon amant !...

ALBERT.

Tiens ! vous êtes charmants, vous !... il me ficherait des patoches !... Adieu !... (*Il disparaît à gauche.*)

TOUS.

Ah !...

SCÈNE IX.

LES MÊMES, *moins* ALBERT. *

TRAVERSIN.

Cruel enfant !...

COUVERTURE.

Ecoutez !... j'entends trotter quelque chose !...

TRAVERSIN.

Va voir ce que c'est...

COUVERTURE, *montant sur le rocher.*

Ce sont les Français qui s'avancent !... Màtin ! les beaux
hommes !... (*Ici on entend plusieurs coups de fusil.*) Ciel !... je
suis !... je suis !... ah !...

TRAVERSIN, *courant à elle et la recevant dans ses bras.* **

Ma nièce !... tu te trouves mal !...

ANTOINE.

Elle a reçu des prunes !... faut lui ôter son corset... (*Il va pour
exécuter.*)

COUVERTURE, *se ranimant.*

Tu me chatouilles, vieux gueux !...

TRAVERSIN.

Ah ! père Antoine, je ne vous connaissais pas ce défaut-là !...

SCÈNE X.

LES MÊMES, ALBERT, *à la tête des blancs, puis les noirs, puis*
SALVADOR, *en costume de ville.* ***

ALBERT, *entrant par la gauche.*

Mort aux noirs ! (*A Traversin.*) Papa, vous êtes mon prison-

---

* Antoine, Traversin, Couverture, Isaac.
** Antoine, Couverture, Traversin, Isaac.
*** Antoine, Albert, Traversin, Couverture, Isaac.

nier !... (*Très-gentiment.*) Je suis chargé de vous faire fusiller !

TRAVERSIN.

Gamin !... c'est ce que nous allons voir !... (*Appelant les noirs.*) A moi, les noirs !... (*Les combattants noirs arrivent par la droite.*)

ANTOINE.

Fameux !... on va faire de la consommation !

TRAVERSIN, *commandant.*

En joue !...

SALVADOR, *en costume de ville et séparant les combattants.*

Eh bien ! qu'est-ce que vous faites donc ?... La pièce est finie !

TOUS.

Ah ! bah !...

SALVADOR.

Vous voyez... je viens de m'habiller... je vais à l'Opéra-Comique... j'y traîne des dames.

ANTOINE,

Emmène-moi ?

TRAVERSIN.

Ah ça ! qui est-ce qui est vainqueur ?

SALVADOR.

On ne sait pas.

TRAVERSIN,

Qui est-ce qui est vaincu ?

SALVADOR,

On l'ignore... le poème s'arrête là.

TRAVERSIN.

Alors, si c'est fini, il faudrait peut-être en prévenir le public ?...

SALVADOR.

C'est juste !... je vais faire une annonce. (*Il s'avance vers le public et fait trois saluts.*) Messieurs... c'est fini !

TRAVERSIN, *au public.*

Permettez !... il dit que c'est fini... c'est comme vous voudrez... nous pouvons continuer si ça vous fait plaisir... Aimez-vous les feux de Bengale ?... ça fait très-bien... surtout dans une tragédie... où il y a déjà des vers de couleur. Parlez... l'administration est connue pour ne reculer devant aucun sacrifice... Vous en voulez ?... Allumez ! (*Le théâtre s'éclaire de feux du Bengale.*) Ah ! c'est très-gentil !... Bravo ! l'administration !... (*Aux autres.*) Maintenant, allons nous débarbouiller sur un air quelconque !

CHOEUR FINAL.

A la plac' du cirage anglais
Qui nous brunit la figure,

Vite, allons rendre à nos attraits
Les roses de la nature.

TRAVERSIN, *au public.*

Ah! Messieurs, n'allez pas, ce soir,
Nous traiter à coups d' cravaches;
Songez que dans un ouvrag' noir
On peut pardonner des taches.

CHOEUR, REPRISE.

A la plac' du cirage anglais, etc.

FIN.

Poissy. — Typographie ARBIEU.